pour Fabio B. et Amy Z.

Traduit de l'anglais par Élisabeth Duval

ISBN : 978-2-211-06439-2
Première édition dans la collection *lutin poche* : janvier 2002
© 2000, kaléidoscope, Paris
Titre original : *Elmer and the Stranger*
Éditeur original : Andersen Press
© 2000 by David McKee
© 2000, l'école des loisirs, Paris
Loi numéro 49 956 du 16 juillet 1949 sur les publications
destinées à la jeunesse : mars 2000
Dépôt légal : novembre 2007
Imprimé en france par Pollina, 85400 Luçon - n° L45087

David McKee

Elmer
et l'étranger

kaléidoscope
lutin poche de l'école des loisirs
11, rue de Sèvres, Paris 6ᵉ

Elmer, l'éléphant bariolé, commençait sa promenade matinale quand il croisa Tigre. «Elmer», dit Tigre, «il y a un étranger dans les parages, et il a un comportement vraiment étrange. Il saute et trébuche.»

«Les étrangers ont souvent un comportement étrange, ou du moins qui nous est étranger», dit Elmer.

«En tout cas, il n'a pas l'air très heureux», ajouta Tigre.

C'est alors que Lion arriva.
« Bonjour, Elmer. Bonjour, Tigre », dit-il. « Elmer,
il y a un drôle de type dans les parages, on dirait qu'il…
on dirait qu'il… »
« …saute », dit Tigre. « Elmer est au courant. »

« Et aussi il a l'air de… enfin il… »

« …trébuche », dit Tigre. « Elmer est au courant. »

« Ah, et puis il ne semble pas… aah… »

« …pas très heureux », dit Tigre. « Elmer est au courant. »

« Allons le voir », proposa gentiment Elmer.

Ils se dirigèrent vers une clairière.
« C'est habituellement ici qu'il saute », dit Tigre.
« Et trébuche », ajouta Lion. « Tenez, le voilà. »
Un kangourou entra dans la clairière en faisant
d'immenses bonds. Puis il s'immobilisa, sembla hésiter,
et trébucha. Il se releva et sanglota : « Je suis un raté. »
« Rudement triste, l'artiste », dit Lion.
« Allons lui parler », dit Elmer.

«Bonjour», dit Elmer. «Qu'est-ce qui ne va pas?»
«Bonjour», répondit Kangourou en reniflant.
«Je ne peux pas sauter. Quand j'essaie, je trébuche.
Nous allons avoir un championnat de saut
et je suis venu ici pour m'entraîner en secret.
Mais cela ne sert à rien. Je suis incapable de sauter.
Ils vont tous se moquer de moi.»

« Mais tu viens de faire de magnifiques sauts », dit Tigre.

« Oh non, je ne faisais que bondir pour m'échauffer avant de sauter. Je suis doué pour les bonds », dit Kangourou.

Et il le prouva en bondissant plus haut que la tête de Girafe qui passait par hasard.

« Très impressionnant ! » dit Tigre.

« Mais quand je pense au saut, je trébuche », soupira Kangourou.

« Le problème demande réflexion », dit Elmer.

« Nous reviendrons demain. »

Sur le chemin du retour, Lion demanda : « Dis Elmer, je sais que
je ne suis pas bien malin, mais un bond, c'est une sorte de saut, non ? »
« Oui », répondit Elmer. « Mais Kangourou pense qu'un saut
est quelque chose de plus compliqué.
Un peu comme penser au sommeil au moment où tu vas t'endormir.
C'est une pensée qui te tient éveillé, alors que si le mot ne t'avait pas
traversé l'esprit, tu dormirais déjà. »
« Lion n'a pas ce genre de problème », dit Tigre.
Elmer les quitta en souriant.

Le lendemain matin, après avoir parlé à Lion et à Tigre,
Elmer alla voir Kangourou.
« Viens, Kangourou », dit-il. « Lion et Tigre nous attendent
près du fleuve. »
Elmer marchait d'un pas tranquille tandis que Kangourou
bondissait derrière lui, devant lui, autour de lui et même
par-dessus lui.

Arrivés près du fleuve, ils aperçurent Lion et Tigre
sur l'autre rive, là où Elmer leur avait demandé d'attendre.
«Zut!» dit Elmer. «Nous allons devoir mouiller nos pieds!»
Kangourou se mit à rire et, d'un énorme bond,
il gagna l'autre rive.

« Quel saut extraordinaire ! » s'exclama Tigre.
« Tu veux dire "quel bond !" » le reprit Kangourou.
« Je ne sais pas sauter. »
Lion rit dans sa moustache : « Un bond EST un saut. »
« Lion a raison », dit Elmer. « Oublie le saut, contente-toi
de bondir. Et maintenant, en route pour le championnat ! »

Kangourou ouvrait la marche,
tout heureux que ses nouveaux amis l'accompagnent.
Le championnat était sur le point de commencer
lorsqu'ils arrivèrent.

Elmer se pencha vers Kangourou :
« Allez Kangourou, va tenter ta chance. »
Au même moment, un tonnerre d'applaudissements
salua l'immense saut d'un kangourou blanc.
« Difficile de faire mieux », dit Kangourou.

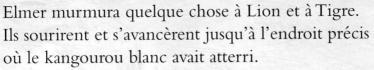

Elmer murmura quelque chose à Lion et à Tigre.
Ils sourirent et s'avancèrent jusqu'à l'endroit précis
où le kangourou blanc avait atterri.
Tandis que Kangourou se préparait, Elmer s'écria :
« Zut ! nous allons devoir mouiller nos pieds ! »
Kangourou se mit à rire et, d'un énorme bond, il atterrit
entre Lion et Tigre. Ce saut-là remporta le championnat.

Kangourou remercia Elmer, Lion et Tigre
pour leur précieuse aide.
«Vous m'avez fait penser au fleuve,
et j'ai oublié que je ne savais pas sauter.»

Une fois rentrés chez eux, Lion dit :
« C'est étrange, mais là-bas, j'avais l'impression
que nous étions les… aah…
« …étrangers », dit Tigre.
« Oui », acquiesça Elmer, « et maintenant,
nous sommes tous… aah…»
« …amis ! »
Et ils éclatèrent d'un même rire.